AF190843

Norbert Scheurig

Sie kamen aus dem Eis!

Fantastische Geschichte.

Herstellung und Verlag:
BoD - Books on Demand, Norderstedt
ISBN 978-3-8391-0168-1

Titelbild: Aerial Photo Snowy Fields
Windows-Fotoanzeige

Einst, in den Zeiten als die Erde zum großen Teil noch mit Eis und Schnee bedeckt war, lebte im Land Antis der Stamm von Ulgar dem Weisen. Ihr bisheriges friedliches, jedoch hartes Leben bestand aus der Jagd nach Yaks und dem Fischen von Watans und Gratans. Ihren Herrn und Gott des Eises nannten sie Elamm, der mit seiner Gemahlin Salei-Tunn und ihren Vorfahren in den weiten Ebenen über Ulgars Stamm wachte. Jedoch der Tag kam, als sich alles änderte…

Die Jagd nach Yaks.

In den rauen Weiten der Antis stapfen drei einsame Jäger durch Eis und Schnee. Eiskristalle glänzen in ihren Bärten und ihrem struppigen Haar wie Gebilde aus einer anderen Welt. Nebelfetzen steigen empor. Kein Laut dringt von den Lippen der drei Männer. Riesige Schwerter schauen aus ihren Fellumhängen hervor, in ihren Händen halten sie lange, gut ausgewogene Speere. Eisige Kälte nagt gnadenlos an ihren Gesichtern. Unaufhaltsam dringen sie tiefer und tiefer in die vor ihnen liegende Eiswüste vor. Noch niemals hatten Jäger ihrer Sippe dies gewagt. Nagender Hunger treibt sie weiter, weiter und immer weiter. Plötzlich hebt Thul, der Anführer der Jäger seinen Arm. In gebückter Haltung, den Speer bereit zum Wurf folgen die beiden anderen den Blicken Thuls. Dann sehen sie es. Drei prächtige Yaks stehen etwa hundert Schritt entfernt in einer Senke. Auf Yerks und Nohls Lippen spiegelt sich ein kaum erkennbares Lächeln. Seit vier langen, kraftzehrenden Tagen die erste Beute. Wie auf ein unsichtbares Zeichen schleudern sie ihre Speere auf die etwa hundert Schritt entfernten Tiere. Innerhalb weniger Augenblicke sinken die Yaks tödlich getroffen auf den eisigen Boden. Vorsichtig nähern sich die

Männer den noch zuckenden Tieren und stillen ihren Hunger mit frischem Yakblut. Gekonnt weiden sie die Tiere aus, zerlegen sie zu transportfähigen Stücken und verstauen diese in mitgebrachten Fellsäcken. Essbare Innereien stopfen sie genüsslich in sich hinein. Danach beladen sie sich mit dem köstlichen Yakfleisch und machen sich auf den Rückweg zu ihrem hungernden Stamm.

Ulgars Dorf.

Zu diesem Zeitpunkt, werden einige Tagesmärsche entfernt, unter den zurückgebliebenen Angehörigen
der drei Jäger die letzten Vorräte aufgeteilt. Der im Dorf, das aus mit Fellen ausgelegten Höhlen, bedeckt mit dicken Eisblöcken besteht, anwesende Ulgar verzichtet mit einer herrischen Handbewegung auf seine Ration. Er spricht mit würdiger Stimme, überleben die Kinder, überlebt unser Stamm. Märre, die Gemahlin von Thul beginnt, eintönige Lobeslieder auf ihren Herrn und Gott Elamm zu singen.

Elamm, halte deine schützende Hand und decke alle Sorgen und Nöte unseres Volkes mit dem Fell des weißen Banas, dem großen Bären, zu. Großer Herr des Eises, schicke die Jäger Thul, Sohn des Groom, Yerk, Sohn des Ihlam und Nohl, Sohn des Heelas gesund und mit Nahrung für Ulgars Sippe zurück! Andere Mitglieder des Stammes stimmen in diesen unheimlichen Gesang ein. Einige junge Männer, die sich nach bestandener Prüfung Jäger nennen dürfen, versuchen, in das dicke Eis des blauen Sees Balam ein Loch zu schlagen, um vielleicht mit etwas Glück einen Watan oder einen Gratan zu fangen. Als sie es geschafft haben, die Eisschicht zu durchdringen, jubeln sie lauthals. Sofort beginnt Chal, Sohn des Ulgar, mit einem langen Speer, an deren Spitze ein Wiederhaken befestigt ist, kraftvoll in das freigelegte Wasser zu stechen, und siehe da, nach kurzer Zeit zappelt ein riesiger Gratan an seinem zur Angel um-funktionierten Speer. Ulgar lächelt stolz. Die fehlende Kraft und Stärke Chals wird durch seinen klugen Kopf ersetzt. Fisch um Fisch wird aus dem Eisloch geholt, von den Frauen filetiert, mit einem Salzstein eingerieben und zum Trocknen an Schnüre, die aus den Sehnen gewaltiger Banas hergestellt wurden, aufgehängt.

Märre und die anderen Stammesfrauen danken unter ständigen Verbeugungen ihrem Gott Elamm. Auch der Gemahlin ihres Herrn, Salei-Tunn wird mit einem Lied und leichten Bewegungen des Oberkörpers gedankt. Achtungsvoll nickt Ulgar der Frau von Thul zu, spricht leise aber sehr bestimmt.

„Ich, Ulgar, Oberster unseres Stammes und Vertreter des Herrn und Gottes Elamm und seiner Gemahlin Salei-Tunn ernenne dich, Märre, zur Nachfolgerin unserer Schamanin Lechta, die sterbend auf ihrem Lager aus Fellen liegt. Salei-Tunn teilte mir dies am frühen Morgen durch den Vogel Krahh mit."

Märre senkt dankbar ihr Haupt, beugt sich nieder und sagt:

„Elamm, Elamm, steh uns bei."

Stolz und glücklich über die Berufung zur höchsten der Frauen ihres Stammes, begibt sie sich zum Lager der Lechta. Zu spät, Lechta ist bereits in die weiten Ebenen des heiligen Landes Leptonium eingegangen.

Rückkehr der Jäger.

Zwei Tagesmärsche entfernt kämpfen sich drei mit Yakfleisch beladene Jäger durch einen furchtbaren Schneesturm. Eisbrocken so groß wie die Eier des Un prasseln mit großer Wucht auf sie hernieder. Die Gesichter der Jäger vom Stamm des Ulgar sind mit einer dicken Schicht aus Eis und Schnee überzogen. Eisige Kälte sticht wie tausend Speere in ihre geschundenen Körper. Riesige Willensstärke treibt sie Schritt um Schritt voran. Stolpernd, fast der Ohnmacht nahe, nähern sich die Jäger ihrem heimatlichen Lager. Kein Laut, keine Begrüßung durch lärmende Kinder, Totenstille!

Alle Behausungen sind leer. Kampfspuren im Schnee, Blut!

„Elamm was für eine Prüfung hast du uns auferlegt?", klagt Thul.

Eine leise, heisere Stimme, die dem Krächzen des Vogels Krahh ähnelt, ruft.

„Brüder, Brüder."

Hastig und voller Sorge begeben sie sich in die Richtung, aus der sie die Stimme vernahmen.

Dann sehen sie ihn. Ulgar. Aus vielen Wunden blutend, auf sein riesiges Schwert gestützt steht er da.

„Ulgar was ist geschehen?"

„Gestern ernannte ich Märre zur Nachfolgerin der Schamanin Lechta, die zur Mittagszeit in die weiten Ebenen eingegangen ist."

Und dann erzählte er ihnen von dem Überfall.

Überfall der Fratzen.

„Am Abend kam das Grauen über uns, Geistwesen oder Dämonen überfielen uns. Grässliche tote Gesichter mit Waffen und Kleidung, wie ich sie noch nie sah."

Das Sprechen fiel Ulgar immer schwerer, sein Kopf sank auf die Brust. Ulgar der Weise starb stehend, sein Schwert fest umklammert.

Thul sprach mit bebender Stimme.

„Ulgar soll stehend in die weiten Ebenen eingehen und voller Stolz am Tische Elamms und der großen Jäger und Krieger seinen ihm zustehenden Platz erhalten. Richtet Eisblöcke wie einen Turm um ihn auf und verschließt die obere Öffnung."

Nach einem guten Mahl und einigen Stunden Schlaf begeben sie sich auf den Weg, ihre Sippe zu suchen. Sie wissen noch nicht, dass dies ein langer leidvoller Weg werden sollte.

Fast zur gleichen Zeit werden die anderen Sippen-Mitglieder von ihren Entführern durch die klirrende Kälte des Eistals Warna getrieben. Nein, jene, die ihre Sippe besiegt und gefangen halten, sind keine Geistwesen, auch keine Dämonen.

Es sind unbekannte Krieger mit grell bemalten Gesichtern und einem irren Blick, der dem Wahnsinn gleicht. Irgendwie scheinen ihre Bewegungen gesteuert zu sein. Es scheint, als ob eine unbekannte Macht ihre Seele gefangen hält. Märre betet zu Elamm und bittet um Hilfe.

„Elamm, Elamm hilf uns in dieser schweren Zeit."

Auf einem Gefährt, gezogen von Tieren, die vorher noch keiner aus Ulgars Sippe sah, liegen ihre Toten und Verwundeten. Ein hoher Blutzoll musste im Kampf gegen Ulgar gezahlt werden. Sogar Rahl, der Onkel von Ulgar, der beim Kampf gegen die Fratzen sein Leben verlor, war dabei. Keiner konnte erklären, aus welchem Grunde sein lebloser Körper von den Fratzen mitgenommen wurde.

Märre und Matta, die Frau von Ulgar, beginnen mit ihrem monotonen Gesang. Sofort werden sie mit den Peitschen ihrer Peiniger geschlagen. Beide schimpfen und spucken Gift und Galle. Als nach vielen Tagen und Stunden den jungen Jägern, die nun zu Kriegern von Ulgar wurden, Fußfesseln angelegt werden sollen, dreht Narx vollkommen

durch und tritt mit unbändiger Kraft zwei feindlichen Kriegern in den Unterleib. Sofort versucht
Narx, Sohn des Jägers Yerk, im nun entstandenen
heillosen Durcheinander zu fliehen, was ihm auch
leicht gelang. Zufrieden lächelt Märre.

„Elamm steht uns wieder bei."

Mit Blicken verständigt sie sich mit ihren Leidens-
genossen und das Gefühl der Gemeinsamkeit wird
immer stärker und stärker. Als sie das
triumphierende Schreien von Narx hören und
sehen, wie er die Waffen seiner drei Verfolger in
die Höhe schwingt, schauen sie voller Hoffnung in
die weitere Zukunft. In Abwesenheit erhob Märre,
die neue Schamanin, den siegreichen Narx in die
Kaste der Krieger. Leise summt sie eine Melodie,
dass alle anderen gefangenen Sippenmitglieder
erkennen können, was im Moment des Singens
passiert. Narx der Sohn des Jägers Yerk war nun
anerkannter Krieger von Ulgars Sippe. Dadurch
entsteht sein Recht, am Tische Elamms zu sitzen!

Die Feinde zwingen sie mit Schlägen und Tritten
weiter zu gehen. Mit der Gewissheit, dass einer
von ihnen entfliehen konnte, lies sie die Schmach

der gemeinen Schläge leichter ertragen. Nach nicht allzu langer Zeit erreichen die völlig Erschöpften den gut getarnten Eingang einer riesigen Höhle. Das feindliche Lager! Ein Geruch von verfaultem Fleisch dringt in ihre Nasen, für sie, die bisher fast ihr gesamtes Leben in der freien Natur zugebracht hatten, war dieser Gestank eine unerträgliche Qual. Die Fratzen trieben die Sippenmitglieder von Ulgar durch einen winzigen Eingang einer Nebenhöhle und verschließen diesen mit einem großen Felsblock, der seitlich vom Eingang gelagert war. Frauen und Kinder fielen sofort kraftlos zu Boden und schliefen ein.

Suche und Befreiung.

Dreißig lange entbehrungsreiche Tage irren Thul, Nohl und Yerk durch Eiswüsten und Gletscherspalten der kalten Antis. Die Sorge nach ihren Frauen, Kindern und Freunden erzeug in jedem unermessliche Kraft. Lieber tot als aufgeben. Elamm stehe uns bei, Salei-Tunn hilf uns. Alle drei beginnen mir rauer Stimme zu singen:

Elamm nur du,
Herrscher über Eis und Schnee,
stehe uns bei,
in dieser schrecklichen Zeit,
Elamm nur du.

Plötzlich da, ein freudiger Schrei, Nohl hebt tanzend und lachend ein Stück Fell in die Höhe, das Thul sofort als Teil des Fellmantels eines weißen Banas erkennt, den er vor langer Zeit erlegt hat und seiner Märre zum gemeinsamen Leben schenkte.

Die Stimmung der drei Jäger steigt ins Unermessliche, als Yerk mit seiner schnellen Hand einen Strauchnager fängt. Es ist Sitte in Ulgars Stamm, dass jeder für besondere Leistungen einen

Beinamen zum eigenen Namen erhält. Nur Ulgar und Thul sind bestimmt, solche Beinamen zu vergeben. Thul spricht mit lauter und bestimmter Stimme.

„Yerk Sohn des Ihlam, nun soll dein Name Yerk, Jäger und Krieger mit der schnellen Hand heißen. Dir wird dadurch ein Platz am Tische Elamms sicher sein."

Sie setzen sich zu Boden, legen all ihre Waffen ab, erheben die Hände und geloben den heiligen Schwur *Salam Ech*, der Jäger und Krieger des Stammes zur lebenslangen Einheit verbindet.

Nachdem sie ihren größten Hunger gestillt haben, ziehen sie voller Tatendrang weiter. Mit furcht-erregenden Schreien, die Waffen nach oben schwingend, springt ein Krieger auf sie zu um sie zu töten. Sein im Licht glänzendes Schwert stößt er in die Richtung von Thul ohne ihn zu verletzen. Thul wirft den Angreifer zu Boden, erkennt Narx und ruft mit lauter Stimme.

„Narx, Narx, ich bin es, Thul vom Stamm des Ulgar!"

Sekunden der Gewalt, unerträgliche Spannung, Narx erkennt sie, Tränen der Erleichterung.

„Danke, göttlicher Elamm."

Er sinkt seinem Vater Yerk und den Freunden erschöpft in die Arme. Die Freude des Wiedersehens war sehr, sehr groß. Narx umarmte die drei Jäger, alle wischten sich ihre Tränen verlegen aus den Augen, ihren späteren Ausführungen nach hätte es sich um Wassertropfen schmelzender Eiszapfen gehandelt.

Selbst die Krieger am Tisch von Elamm - Ulgar, Situl, Pituc, Rahl, Laak, Heelas, Baar und Langor - beginnen mit dem Lobgesang „*Kenach Mut*", um ihre mutigen Jäger und Krieger zu feiern. Narx berichtet mit geballter Faust und mit riesigem Hass auf die Fratzen, dass sie etwa sechs Tagesmärsche von einer größeren Ansammlung bewohnter Hütten, genannt Paari und einen Tagesmarsch von der Grenze nach Galdann entfernt wären.

„Unsere Sippe ist gefangen in einer sehr großen Höhle von übel riechenden Kriegern mit furchtbaren Gesichtern. Es sind etwa sechzig

Kämpfer, in deren Augen keine Gefühle so wie wir sie kennen zu sehen sind."

Dies bereitet den Jägern doch einige Sorgen. Kurz nach ihrer Unterredung legen sie sich neben verschneite Dornbüsche, bedecken sich mit Fellen des weißen Banas und schliefen sofort ein. Die erste Wache hielt Nohl, dann kam Yerk an die Reihe, er wachte die restliche Nacht, denn es war ihm vollkommen klar, dass auf ihn und seine Freunde übermenschliche Aufgaben zukommen, um sein und das Volk Ulgars zu befreien.

Der riesenhafte Fels, der den Eingang zur Nebenhöhle, in der Ulgars Volk gefangen gehalten war, versperrte wurde von fünf Fratzenkriegern zur Seite geschoben. Sie warfen verdorbenes Fleisch hinein, lachten hämisch. Matta, die Frau Ulgors nahm die stinkenden Reste und schleuderte sie mit Verachtung im Blick den Feinden mitten in das Gesicht.

„Die Fratzen sind wohl der Meinung, dass die stolzen Männer, Frauen und Kinder sich wie Tiere auf das schlechte Fleisch stürzen würden."

Enttäuscht, daß ihnen dieses Schauspiel entgeht, schlagen mit langen Ruten auf die Gefangenen ein.

Chal, der Sohn Ulgars, lässt sich von diesem Geschehen nicht beeindrucken, denn er spürt auf seiner Haut einen leichten Luftzug. Suchend geht er umher. Er klopft an die Wände, sieht zur Höhlendecke, dann erkennt er es. Ein schmaler, steiler und fast nicht sichtbarer Kamin führt nach oben. Lichtfetzen dringen herein. Hoffnung? Freiheit? Er bespricht mit seinen Freunden Larn, dem Sohn des Thul, Enox, dem Sohn des Rahl und Bark und Sard, den Söhnen von Joner, der beim Kampf gegen die feindlichen Krieger erheblich verletzt wurde, die neue Situation.

„Da müssen wir hinauf!"

Sofort melden sich Bark und Sard zu Wort.

„Wir beide sind die besten Kletterer unseres Volkes. Wir gehen dort hinauf!"

„Nein", ruft der verletzte Vater der beiden jungen Kämpfer, „Ich, Joner war, bin und werde immer der beste Kletterer von Ulgars Sippe sein. Ich gehe! Ich, Jonar, der ich bald in die weiten Ebenen eingehen werde und an der Seite von Ulgar und anderen Kriegern einen Platz erhalte, bin bestimmt, diese letzte Aufgabe zu übernehmen."

Seine Söhne Bark und Sard sind sehr stolz auf ihren Vater, der auch ihr Lehrmeister war. Sie wussten, dass dies der Abschied vom Vater und Freund bedeutet. Joner fühlt sich plötzlich wieder jung, so jung und stark, wie als er damals vor langer Zeit die höchste der Eiszinnen erkletterte . Märre legt nun ihre Hand auf das Haupt von Joner segnet ihn im Namen von Elamm und spricht:

„Die Taten des Joner werden als Heldenlied in unsere Sippe eingehen und niemals verhallen. Kämpfe, Joner, kämpfe, Freund des Ulgar und Thul, gehe nun deinen Weg."

Joner wendet sich wortlos ab und beginnt den Aufstieg in die Ungewissheit, in die Hoffnung auf Freiheit und Leben der Gefangenen. Total verwundert sieht seine Sippe, wie sich der alte Joner, leichtfüßig, mit zwei kraftvollen Klimmzügen in die enge Öffnung schwingt und nach kurzer Zeit nicht mehr zu sehen ist. Märre dankt Elamm für die Hilfe, beginnt das Lied der Krieger, Jäger und Kämpfer zu singen. Alle anderen, manche mit Tränen in den Augen, stimmen lauthals ihrem Gesang mit.

Joner kämpft sich nach oben, immer weiter, immer wieder. Die eisige Kälte setzt ihm zu, raubt seine letzten Kräfte. Er ruft nach Elamm, er ruft seinen Vater, „Laak hilf mir, hilf deinem Sohn, dass er die letzte Aufgabe erfüllen kann."

Es ist ihm, als ob Laak ihm seine Hände reicht und mit leiser aber bestimmter Stimme zu ihm spricht, *komm Sohn, immer weiter, du hast die Kraft, rette dein Volk, immer weiter*. Joners Schritte werden schwer*, noch ein kleines Stück, du schaffst es, Joner. Immer weiter.*

Das Gesicht seiner Mutter Lana taucht vor seinen Augen auf, *weiter, Joner, weiter. Dein Platz bei Elamm ist sicher, mein Sohn und Kämpfer.*

Nach zwei gewaltigen, kraftraubenden letzten Klimmzügen hat er es geschafft, seinen geschundenen Körper aus dem schier unendlich langen Bergkamin zu ziehen. Total erschöpft legt er sich auf den eisigen Boden.

Narx zieht sich mit letzter Kraft auf den höchsten Gipfel der Eiszinnen, kurz darauf folgen Thul, Yerk und Nohl. Sie atmen schwer, doch voller Stolz, es einem der besten Krieger aus Ulgars Sippe, Joner, gleichgetan zu haben.

„Seht dort", ruft Nohl mit heiserer Stimme. Der eisige Untergrund zerbirst einige Schritte neben ihnen.
Wachsam und kampfbereit blicken sie auf das Geschehen. Plötzlich erscheint Joners Kopf aus den zerborstenen Eisschollen. Er lacht und weint vor lauter Freude gleichzeitig, deutet mit seinem Daumen nach unten und geht in die weiten Ebenen von Elamm ein.

„Joner, erster Bezwinger der Eiszinnen, dein letzter Platz soll hier sein, das schwören wir im Namen von Elamm, Ulgar und seinem Volk."

Sie begraben ihn unter den dicken Eisstücken, die Joner selbst mit letzter Kraft zerbrochen hat, und singen das Lied vom mutigen Kämpfer. Nach dem ausgiebigen Lobgesang, der jedem Krieger nach seinem Tod zuteilwird, setzen sie sich auf den kalten gefrorenen Boden, um über die neue Lage zu beraten und beginnen, einen Schlachtplan zu entwerfen. Danach legen sie sich eng umarmt auf den eisigen, harten Boden um etwas zu schlafen und neue Kraft zu schöpfen.

Inzwischen holen die Fratzen, Selen die Tochter von Mora aus ihrem Verließ. Mora ist verzweifelt, sie ahnt, dass sie ihre geliebte Tochter nie mehr sehen wird. Die Feinde reißen Selen die Fellkleidung vom Leib, legen ihr den Umhang des Todes an. Selen weiß, dass sie nun sterben muss. Ihre Gedanken sind bei Narx mit dem sie ihr Leben teilen wollte. Stolz, ohne Angst und mit hocherhobenem Haupt schreitet Selen aus Ulgars Sippe zur blutigen Opferstätte der Fratzen. Verächtlich spuckt sie ihren Mördern ins Gesicht. Die Hoffnung der Mörderbande, dass Selen um ihr Leben bittet, verpufft. Nein, nicht Selen die Tochter von Mora, sie geht aufrecht und lachend dem nahen Tod entgegen. Einer der Fratzen kommt mit blutdurchtränktem Gewand auf sie zu und sagt mit fistelnder Stimme, dass sie ihrem Gott Rach geopfert werde, um ihn gnädig zu stimmen! Selen lacht,

„Euer Gott ist schwach. Jeder Gott, der Menschen-opfer will ist ein schlechter Gott. Unser Gott Elamm ist stark, er wird mir in Kürze einen guten

Platz in den weiten Ebenen zuweisen. Mein Vater Baar, der Krieger mit der Stärke des Banas, erwartet mich bereits. Ihr, die mich tötet, werdet bald von Narx, meinem Narx, in das ewige Feuer eures Gottes Rach geschickt. Bei drei von euch ist es ihm schon gelungen, ihr alle werdet ihnen folgen."

Die Mörder, die sich Priester des Rach nennen, vergehen vor Hass und erdolchen Selen hinterrücks vor der eigentlichen Zeremonie der Opferung. In dem Augenblick des Todes von Selen sinkt Mora, ihre Mutter, tot zu Boden. Beide gehen nun Hand in Hand aufrecht und mutig in die weiten Ebenen ihres Gottes ein. Die sterblichen Überreste der beiden werden von ihren brutalen und gnadenlosen Feinden abseits der Höhle in eine tiefe Schlucht geworfen. Märre singt zum Abschied das Lied der heldenhaften Frauen, das in späterer Zeit zum Kampf und Überlebenslied aller Frauen aus ihrem Stamm wird.

Plötzlich Geräusche! Kleinere Eisbrocken und Steine fallen aus dem nach oben führenden Kamin zu Boden. Ein Mensch windet sich aus dem engen Kamin, springt kraftvoll zu Boden und sieht sich suchend um.

„Wo ist Selen? Sagt es mir, wo ist Selen und wo ist ihre Mutter Mora?"

„Beide sind tot", antwortet Chal und nimmt Narx in die Arme, um ihm Trost zu spenden.

„Gestern wurde sie von unseren Feinden ermordet. Sie ging aufrecht und mutig in die weiten Ebenen ein. Mora ist nicht mehr unter uns, zum Zeitpunkt des Todes von Selen sank sie tot zu Boden."

Narx befreit sich energisch aus den Armen Chals, kniet nieder und schwört den heiligen Eid *Satach Blut*:

„Alle Feinde werden tot sein, jedem werde ich die Haare abschneiden, sie im Feuer der Verdammnis verbrennen und die Asche im Sturm verwehen lassen. Keinem der Mörder von Selen darf jemals die Gnade Elamms und Salei-Tunns gegeben werden. So wahr ich Narx, der Sohn des Yerk bin, verspreche ich hiermit, dass alle Mörder tot, tot, tot sein werden. Ihre Eingeweide werfe ich selbst den Krahhs zum Fressen vor."

Narx bereute anschließend seinen Gefühls-ausbruch, doch alle wussten, dass Selen und er einig waren, ihre Zukunft zusammen bestehen zu wollen. Nach ausgiebigen Beratungen mit Chal, Larn, Bark und Sard begibt sich Narx auf den Rückweg. Sein Zorn und Hass auf die feindlichen Krieger und Mörder von Selen treibt ihn an. Er ist zweimal so schnell oben, wie er benötigt hat, herunterzukommen. Narx windet sich aus dem Eisloch und denkt an den kranken Joner. Würdigt die Leistung von Joner mit folgenden Worten:

„Joner, auf ewig wirst du ein Vorbild sein für deine Leistung, die du für dein und unser Volk vollbracht hast. Dein Name wird in den Liedern unserer Sippe auf ewig erklingen. Joner, der Held aus Ulgars Sippe."

Thul und die anderen unterbrechen Narx nicht bei seinem Tun. Warten geduldig, bis er sie anspricht und sein Gebet beendet. Selbst bei größter Gefahr war der Lobgesang auf Helden ihres Stammes ein Ritual, das niemals von anderen unterbrochen werden darf. Er berichtet danach, was er gesehen und gehört hat, den Tod von Selen und Mora verschweigt er nicht. Yerk erkennt das gefährliche Glitzern in den Augen seines Sohnes, schließt ihn in seine Arme und spricht:

„Narx mein Sohn, Hass führt ins Verderben, denke immer daran. Ich, dein Vater teile deine Trauer und alle anderen auch. Elamm hat es so gewollt! Irgendwann wirst du vom Schicksal belohnt, so wie ich belohnt wurde, als meine Frau dich, meinen Sohn, gebar.“

Thul umarmt Narx väterlich und sagt, „Lasse dich niemals vom Hass leiten, denn das wäre dein Untergang.“

Nohl fehlen die Worte, darum schlägt er freundschaftlich auf die Schulter von Narx, was diesen fast zu Boden fallen lässt. Narx bedankt sich herzlich für den Zuspruch seiner Freunde und Kampfgenossen. Er berichtet nun was zu tun wäre um alle Gefangenen zu befreien. Chals gute Idee, die Seile, mit denen die Zugtiere ihrer Feinde zusammengehalten werden, zu holen und hier herunterzulassen, dass alle hinaufklettern können, wird von Thul sofort bejaht.

„Yerk, du bleibst hier oben, während wir nach unten gehen, um zu holen, was wir benötigen.“

 Yerk widerspricht nicht, er ist sehr froh über die Entscheidung, denn seine alten Knochen hätten dieser Herausforderung nicht mehr standgehalten. Die anderen Kämpfer lockerten ihre Schwerter, drehen sich um und beginnen sofort mit dem Abstieg. Unten angekommen sucht Nohl die beste Stelle zum Kampf und legt seine Waffen zurecht. Thul und Narx betreten eine Nebenhöhle, diese ist mit langen Stricken unterteilt. Narx löst Seil um Seil legt diese sorgfältig zusammen, hängt sie über beide Schultern und verlässt grinsend die Höhle. Da die fremdartigen Tiere leicht unruhig werden, mahnt er zur Eile. Thul erspäht einen Kasten und macht sich daran zu schaffen. In ihm befanden sich merkwürdige, lange, spitze Gegenstände aus einem Material, das er noch nie im Leben gesehen hat. Später erfährt er, dass dieses Material zum Schmieden von neuartigen Schwertern und Speerspitzen benötigt wird. Er lädt den Kasten auf seine Schultern und verlässt mit Narx die Höhle. Draußen angekommen sehen sie, wie Nohl schwer-atmend zwei leblose Körper hinter großen Eis-blöcken ablegt und mit Schnee bedeckt.

„Nohl, was ist geschehen?", fragt Thul

„Dies waren Wächter der Fratzen, die mich hinterrücks umbringen wollten, doch mein Schwert war schneller. Weiterhin habe ich festgestellt, dass die Fratzen keine Geister oder Dämonen sind, sondern Geschöpfe aus Fleisch und Blut, wie du und ich. Ihre schrecklichen Gesichter sind mit Ruß und Blut beschmiert und bieten dadurch diesen entsetzlichen und schrecklichen Anblick."

„Lasst uns gehen", sagt Narx, „die Freunde warten!"

Beim erneuten Aufstieg entdeckt Thul, dass aus einer Spalte Rauch emporsteigt. Schnell markiert er die Stelle mit einem erbeuteten Speer der toten Fratzenkrieger.

Inzwischen beginnen Märre und Matta immer und immer wieder ihre alten Stammeslieder zu singen. *Elamm großer Elamm*, dann folgten die Helden-taten aller Krieger aus Ulgars Stamm. An der Stelle, als Thul und Joner besungen werden, wird der Fels, der ihr Verlies versperrt, zur Seite geschoben. Viele Fratzen schauen herein, einer unterschied sich durch einen roten Querstreifen auf der Stirn von allen anderen. Sie sehen sich suchend unter den Gefangenen um! Ihr Blick fällt auf Nore und Neer, die Stieftöchter von Matta. Die Eltern der beiden hübschen Mädchen, Lark und Nene wurden vor vielen Schneeschmelzen von einem riesigen weißen Banas getötet. Der rot gestreifte deutet auf die beiden und spricht mit heißerer Stimme.

„Seid stolz ihr beiden, ihr dürft die nächsten Opfergaben für unseren Herrn Rach sein. Morgen, morgen werden wir euch holen."

Alle Gefangenen erschrecken sehr. Chal ergreift sofort das Wort, als ihr Gefängnis wieder verschlossen ist. Er spricht sehr bestimmt.

„Bark und Sard, sofort nach oben, heute Nacht müssen wir hier raus! Helft unseren Freunden dort oben, die Flucht vorzubereiten. Seid mutig und schnell, Elamm steht euch bei."

Die Söhne des Kletterers Joner begeben sich unverzüglich auf den Weg, ein wenig stolz, dass Chal sie für diese Aufgabe erwählt hat.

„Wo ist Thul?", fragt Nohl.

Narx antwortet: „Er hat noch etwas zu erledigen, kommt aber sofort hinterher."

Nach etwa der Hälfte des Aufstieges hat Thul sie eingeholt, leicht grinsend spricht er.

„Nicht so langsam Freunde, oder seid ihr etwa schon müde?"

Dann gehen sie schneller, immer schneller, sodass es fast zu einem Wettrennen ausartet. Am Ziel angekommen werfen sie sich schweratmend in den Schnee. Genau in dem Augenblick, als sich Thul und die anderen zu Boden werfen, klettern Bark und Sard aus der Felsspalte, die von ihrem Gefängnis auf die oberste Eiszinne in die Freiheit führt. Die Wiedersehensfreude ist groß. Bard spricht mit eindrücklicher Stimme.

„Heute Nacht müssen alle heraus! Denn morgen sollen die beiden Mädchen von Matta dem Fratzengott geopfert werden."

Narx mahnt sofort zur Eile und lässt die zusammen gebundenen Seile durch den Felsspalt in die Tiefe der Eiszinne gleiten. Als diese sich wie eine Schlange durch die Öffnung in das Verließ schlängeln, möchten die Gefangenen vor lauter Freude lauthals schreien. Doch alle können sich beherrschen, sodass keiner ihrer Feinde etwas von ihrem Tun bemerkt. Hintereinander werden sie durch den Bergkamin in die Freiheit gezogen. Chal bestimmt die Reihenfolge und verlässt als letzter den Raum, der einige Zeit ihr Aufenthaltsort war. Oben übernimmt Thul sofort das Kommando, spricht zu den Befreiten.

„Noch in dieser Nacht von hier nach unten! Helft euch gegenseitig, wir müssen, nein, wir werden es alle schaffen."

Trotz einiger Rutschpartien erreichen alle unverletzt den sicheren unteren Teil der gewaltigen Eiszinne. Sofort verteilen sich alle Jäger und Krieger, jede Deckung nutzend, vor dem Eingang zur Höhle der grausamen Fratzen. Alle sind kampfbereit und legen die von Thul und seinen Gefährten erbeuteten Speere zurecht. Yerk und die beiden Mädchen von Matta bleiben an der Stelle, die mit dem Speer eines Fratzenkriegers gekennzeichnet wurde. Laut Anweisung von Thul haben sie die Aufgabe, beim Schrei des Vogels Krahh, den Thul perfekt imitieren kann, die Öffnung sofort mit kleinen Eisbrocken und Schnee dicht zu verschließen. Frauen und Kinder begeben sich zu den etwa fünfzig Schritt entfernten Eishügeln, suchen nach Deckung und bitten Elamm um Beistand, den Kampf siegreich zu bestehen.

Als Thul den Schrei des Vogels Krahh nachahmt verschließen Yerk, Nore und Neer die Spalte, wie Thul es befohlen hat.

Der Eingang zum Verließ, in dem Männer, Frauen und Kinder gefangen gehalten wurden, wird durch das zur Seite schieben eines Felsbrockens von den Fratzen geöffnet. Sie brüllen und schreien erstaunt, als sie bemerken, dass Ulgars Sippenmitglieder verschwunden sind. Zauberei, Geister, Rach, hole sie zurück! Ihre Schreie erzeugen ein schrilles Echo, dass manche mit ihren Fingern die Ohren verschließen. Nichts passiert, außer dass der Rauch ihres Feuers nicht mehr abzieht und in ihren Augen ein schlimmes Brennen erzeugt. Sie heulen wuterfüllt, fast blind rennen sie zum Ausgang ihrer sicher geglaubten Behausung und schieben mit letzter Kraft den mächtigen Stein zur Seite. Schwertschwingend und wild schreiend springen die meisten aus der Höhle und beginnen plötzlich mit wilden Tänzen. Erstaunt und völlig entgeistert betrachten die Kämpfer aus Ulgars Sippe dieses Treiben.

Thul lacht lauthals und sagt, „Die Dinger sind wohl klein aber haben eine riesige Wirkung", und zeigt, was er aus der Tierhöhle mitgenommen hat.

Immer mehr Fratzenkrieger quellen aus der Höhle ohne zu wissen, was sie erwartet. Nohl beginnt nun seinen Kampf und wirft seine Speere in rasender Schnelligkeit auf seine Feinde. Am Eingang der Fratzenhöhle entsteht ein blutendes schmerzvoll wimmerndes Durcheinander. Der rotgestreifte Anführer steht am Eingang der Höhle hinter einem großen Fels und schwingt hasserfüllt sein Schwert. Einen kurzen Augenblick später wird er von Narx' Speer durchbohrt und fällt lautlos zu Boden. Als danach Larn mit einem Wurf einer von den Feinden erbeuteten Streitaxt eine Gerölllawine über dem Eingang der Fratzenhöhle auslöst, diese dann tosend auf die noch lebenden Feinde stürzt, war der Kampf zugunsten von Ulgars Sippe entschieden. Unverletzt haben sie mit großem Kampfgeist und mit der List von Thul gewonnen. Frauen und Kinder kommen nun aus ihrem Versteck, danken Elamm ihrem Herrn, huldigen Salei-Tunn und fallen den Kriegern in die Arme. Neue Heldenlieder werden gesungen, in denen auch Narx und Larn eine Strophe gewidmet wird. Lange noch in der Zukunft werden diese Lieder gesungen werden.

Wirf, Narx, schleudere den Speer,
der die Sippe rettet,
einst wirst du am Tische Elamms sitzen,
in den weiten Ebenen.

Larn, der die Steine bewegt,
dass sie auf die Feinde fallen,
in den weiten Ebenen,
wird dein Name ewig sein.

Doch da klettern zwei Frauen über das Geröll vor dem Eingang der Höhle aus Eis und Schnee, mit erhobenen Händen nach außen zeigend, und bitten um Gnade. Sie fallen vor Thul in die Knie und flehen ihn an, Kinder, Frauen und den Rest der noch lebenden Männer zu verschonen.

„Erhebt euch", sagt Thul, „ich bin nicht Elamm, so dass man sich vor mir niederwerfen muss."

Kurz darauf verschließen sie den Aufgang in dem Raum, in dem sie gefangen gehalten wurden so sicher, dass eine Flucht nicht mehr möglich ist. Sie sperren ihre Feinde in den Höhlenraum, der einst ihr eigenes Gefängnis war. Danach erkunden sie die gesamte Unterkunft der Fratzenkrieger, was zu einem großen Ereignis wird. Gegenstände und

Werkzeuge in Hülle und Fülle. Manche Dinge erscheinen ihnen wie Geräte aus einer anderen Welt. Am hinteren Ende der tief in das Eis gegrabenen Fratzenbehausung finden sie einen weiteren mit einem Eisblock verschlossenen Eingang.

Mit vereinten Kräften, wobei Karmal, Sohn des Nohl und seiner Frau Rehn, geboren vor siebzehn Schneeschmelzen, besondere Beachtung findet. Alle staunen über die riesigen Kräfte, die der Bursche heute schon vorzuweisen hat. Märre lächelt, denn sie weiß, dass Karmals Kraft ihren Stamm vor dem Untergang bewahren wird. Verwesungsgeruch dringt nach außen. Verängstigte Frauen kauern eng umschlungen in einer Ecke des übel stinkenden Raumes am Boden. Plötzlich ein Schrei.

„Nola, Nola", ruft Matta, die eine der gefangenen Frauen sofort als ehemalige Freundin aus alten Zeiten erkennt. Nola sinkt danach weinend in Mattas Arme.

„Nola, du hier, was ist geschehen?"

Nola berichtet mit zitternder Stimme, dass sie die letzten lebenden Sippenmitglieder von Herm wären. Alle anderen umgebracht von den Fratzenkriegern, was Narx dazu veranlasst, voller Hass zu sagen: „Stecht sie alle ab wie kranke Strauchnager und werft ihren Kadaver den weißen Banas vor!"

Thul schaut Narx strafend an, spricht mit leiser aber eindrucksvoller Stimme.

„Keiner, weder du noch ich, wissen, was mit diesen Menschen und Freunden von Matta geschehen ist. Wir sollten erst zuhören und danach entscheiden."

Alle anderen vom Stamm des Ulgar nicken den Worten Thuls zustimmend zu. Kurz darauf entdecken sie die Vorratshöhle der mit Blut und Ruß angemalten Fratzenkrieger. Ein Festmahl beginnt, von dem in Ulgars Sippe noch lange Zeit berichtet und gesungen wird.

In Hülle und Fülle Fleisch,
in Hülle und Fülle Wurzeln und Beeren,
Danke, Elamm,
für den reich gedeckten Tisch,
Elamm, der unser Volk liebt!

Natürlich bekamen auch die Gefangenen einen Anteil, um ihren Hunger zu stillen. Jeder aus Ulgars Sippe hat gelernt, auch mit Feinden Mitleid zu haben, was in der damaligen Zeit nicht selbstverständlich war. Zur Überraschung aller hatten sich diese alle Farben aus Blut und Ruß mit Schnee aus dem Gesicht gewaschen. Sie sahen nicht mehr furchterregend und dämonisch aus, wie es vor kurzer Zeit noch war.

Am darauf folgenden Tag bilden alle Mitglieder aus dem Volke von Ulgar einen großen Kreis, wie damals, als manche wichtigen Dinge, die zum Überleben ihres Stammes besprochen wurden. Leider wurde von Nachfolgern dieses Ritual vergessen und in der Form nicht mehr durchgeführt. Thul begibt sich in die Mitte des Menschenkreises und spricht folgende Worte:

„Holt die Gefangenen heraus und sagt den Frauen, dass sie ihre verletzten Krieger versorgen dürfen. Ihr, mein Volk, helft ihnen mit Kräutern und Wurzeln die auch wir zur Heilung von Wunden benötigen. Weiterhin lasst es zu, dass für die toten Feinde eine letzte Ruhestätte gefunden wird. Alle anderen Kinder, Frauen und Krieger bleiben gefangen."

Narx war dagegen, zu sehr machte ihm der Tod seiner geliebten Selen zu schaffen. In seinen Augen leuchtet immer noch blinder Hass auf alle, die nach seiner Meinung Schuld auf sich geladen haben. Thul schaut ihn lange an.

„Narx", Selen ist tot aber du lebst, Mache das Beste daraus! Vergehe nicht vor lauter Hass, Narx, Sohn des Yerk. Keiner weiß, was mit diesen Menschen geschah und keiner weiß, ob sie Schuld an dem Geschehen haben."

Die noch lebenden Frauen ihrer Feinde werden dann wieder vorgeführt. Plötzlich wirft sich eine der jüngeren vor Thul auf den Boden, spricht ohne Angst:

„Ich danke euch, Krieger Thul aus dem Volke Ulgars für eure Barmherzigkeit und Güte."

Thul antwortet: „Erhebe dich, du die unsere Sprache sprichst, wie ist dein Name?"

„Ich bin Nirva vom Stamm des Herm."

Dann sprudeln die Worte wie ein Wasserfall aus ihr heraus.

„Wir lebten viele Generationen am Neunaugensee, bis uns vor einiger Zeit ein Heer Krieger aus der Heimat vertrieb. Viele unserer mutigen Kämpfer starben, selbst Kinder und Frauen wurden nicht verschont. Auf der Flucht, die uns durch viele Gegenden führte, gesellte sich ein einsamer Wanderer zu uns, der sich Zirkutas nannte. Eines Tages bot er uns an aus seiner Flasche zu trinken, es wäre ein Trank, der uns alle glücklich und frei machen würde, worauf Herm antwortete, er würde niemals solch ein Gebräu zu sich nehmen. In dem Moment traf ihn ein gewaltiger Blitz, danach war von Herm, unserem Anführer und bestem Stammeskrieger, nur noch ein kleines Häuflein Asche übrig. Zirkutas sagte, dass es allen so ergehen wird, die nicht aus seiner Flasche trinken würden. Herms Frau und seine beiden Söhne ereilte das gleiche Schicksal.

Sag, Thul, was blieb uns anderen übrig als das Getränk zu uns zu nehmen? Wenn die Wirkung nachließ, gab es einen neuen Schluck. Immer und immer wieder. Wir wurden dadurch aggressiv, böse, mordlüstern und blutrünstig. Wir waren nur noch Werkzeuge des Bösen und nicht mehr wir selbst. Zirkutas sagte eines Tages zu uns, dass er der Vollstrecker des Rach sei und die Aufgabe hätte, das gesamte Eisland von allen dummen dreckigen und blutsaufenden Barbaren zu befreien."

Chal meldet sich zu Wort, fragt, welcher von ihnen Zirkutas ist, worauf Nirva antwortet.

„Es war der rot gestreifte Feind, der von einem deines Stammes mit dem Speer getötet wurde. Zum Glück war er nicht mehr in der Lage, mit seinem Zauber Blitze entstehen zu lassen. Es wäre für euch das Einfachste und für uns das Beste, wenn ihr uns alle töten würdet, so hätten wir unsere Ruhe und ihr eure gerechte Rache für die Toten eures Volkes."

Narx, der als größter Feind dieses von Zirkutas versklavten Stammes spricht nun.

„Sollten alle Mitglieder meines Volkes damit einverstanden sein, denke ich, dass es besser wäre, wenn ihr euch uns anschließt. Ihr alle wart schuldlos, von einem Dämon besessen und euren Taten nicht bewusst."

Thul schaut Narx zufrieden an. Jetzt ist aus dem hassenden Narx wieder der Krieger Narx aus dem Stamm von Ulgar geworden. Märre erhebt sich, singt das Lied des guten, starken Kriegers, danach spricht sie mit eindringlicher Stimme.

„Laut Gesetz unseres Volkes muss nun ein neuer Anführer und ein Jagdhäuptling gewählt werden."

Der gesamte Stamm wählt Thul, er selbst enthält sich der Wahl, spricht aber danach mit ergriffener Stimme.

„Freunde ich danke euch für das große Vertrauen, das ihr mir entgegenbringt. Ja, ich bin noch der Stärkste, aber ich denke, dass ich mit meinen acht und fünfzig Schneeschmelzen, die ich bisher erlebt habe schon zu alt für diese Aufgabe bin. Ich glaube, dass ein junger Kämpfer, der zu dem noch vorausschauende Fähigkeiten besitzt, zum Anführer bestimmt werden muss. Alle diese Anforderungen hat Chal und außerdem ist er von Ulgars Blut. Mut und Geschick hat er schon bewiesen. Weiterhin muss Narx als neuer Jagdhäuptling seine Fähigkeiten in unseren Dienst stellen. Ich, Thul, werde beide mit aller Kraft,

Stärke und Wissen unterstützen. Ich bitte alle Jäger und Krieger, dies auch zu tun."

Sofort stimmten diese zu, Thul stieg in ihrer Achtung ins Unermessliche. Märre beginnt danach Thul mit einem Loblied zu ehren.

Großer starker Thul,
mit dem Herzen eines weißen Banas,
einst wirst du an der Seite Elamm,
den Lobgesang Kenach-Mut *hören.*

Thul ist mit seiner Entscheidung sehr zufrieden, Märre lächelt ihm zu. Viele der einstigen, nun freien Gefangenen fragen Chal, ob das Angebot, sich dem Stamme Ulgars anschließen zu können noch besteht. „Ja", antwortet dieser, Narx und die anderen nicken wortlos. Die Sippe wurde um elf Krieger, von denen vier verletzt waren, vierzehn Frauen und acht Kinder reicher. Chal erhebt die Hand, ruft mit lauter Stimme.

„Lasst uns zurückkehren in unsere Heimat und die klare Luft des blauen Sees atmen."

Doch plötzlich verfällt Märre in Trance und stammelt.

„Es geht nicht, wir können nicht zurück!"

Erstarrt blicken alle auf sie. „Seid still, sie hat eine Vision", sagt Matta, „hört ihr zu."

„Eine unüberwindliche Schlucht ist zwischen den Eiszinnen und dem blauen See durch einen Zauber des Rach entstanden. Unsere Heimat und unseren geliebten blauen See, der uns Nahrung und Wohlergehen gab, werden wir niemals wiedersehen. Hilf uns, Elamm! Hilf uns, Salei-Tunn! Helft uns, ihr Vorfahren und Krieger aus unserem Volk, dass wir, die am blauen See viele Schneeschmelzen erlebt haben, eine Zukunft finden."

Laut und verständlich ruft sie, „Elamm, Elamm, was sollen wir tun?" Ihre Hände zum Himmel gestreckt sinkt sie langsam zu Boden, spricht leise, doch alle können es verstehen.

„Geht, geht mit euren neuen Sippenmitgliedern in deren Heimat. Geht, geht zum Neunaugensee, haltet euch aber vom Nebelmoor fern, denn dort wartet der sichere Tod."

Traurig blicken sie auf Märre, die in die Wirk-lichkeit zurückkehrt. „Was ist geschehen?", fragt sie.

„Eine Vision, wir konnten jedes Wort verstehen das Elamm über dich an uns richtete."

Sofort erhebt sich Chal spricht Worte, wie sie einst sein Vater Ulgar gesagt hätte.

„Wir folgen den Anweisungen, die Elamm uns über Märre vermittelt hat. Keiner weiß, ob es gut oder schlecht sein wird. Man wird sehen und erkennen. Denn unser Volk ist stark, sehr stark."

Sofort fragt er, wer der beste Fährtenleser ihrer neuen Sippenmitglieder ist. Ein Mann tritt voller Stolz vor die anderen.

„Ich bin Sengor, Sohn des Grom und seiner Frau Ilos."

Narx spricht nach der Vorstellung von Sengor.

„Dann führe uns in deine alte Heimat, Sengor. Auf zum Neunaugensee."

Der Weg in die neue Heimat.

Reges Treiben, aufgeregtes Hin und Her, mehr oder weniger beschäftigt verbrachte man die nächsten Stunden und Tage. Das Gefährt, welches man jetzt besaß, wurde mit allen Dingen aus der einstigen Höhle der damaligen Fratzen beladen. Der alte, kranke Yerk saß da, ohne sich um die anderen zu bekümmern. Zu einem Entschluss gekommen erhebt er sich und spricht mit lauter, entschlossener Stimme.

„Narx, mein Sohn, komme zu mir, alle anderen höret mir zu. Mein Sohn und mein Volk, ich der Jäger und Krieger mit der schnellen Hand aus Ulgars Sippe habe entschieden, nicht mit euch zusammen in ein neues Land zu ziehen. Ich bin alt und krank. Ich würde euch auf der Suche nach einem neuen Land nur aufhalten. Meine Beine wollen nicht mehr. Der Aufstieg auf die Zinnen war für mich schwer, zu schwer. Ich bleibe hier, bis Elamm mich in die weiten Ebenen beruft. Ich sehe die Krieger an seinem Tisch, sie singen Lieder und warten auf mich."

„Aber Vater", sagt Narx und sieht ihn völlig entgeistert an, „Alle gehen mit, auch du. Wenn einer von euch nicht mehr laufen kann, laden wir ihn auf das Gefährt mit den seltsamen Tieren, das jetzt uns gehört."

„So soll es sein", bejaht auch Chal die Worte von Narx, hebt den Arm und ruft mit lauter Stimme. „Im Namen Elamms ziehen wir der neuen Heimat entgegen. Seht nicht zurück!"

Nach einigen Tagen der Wanderung gehen die Vorräte zu Ende. Eine neue Jagdmannschaft wird gebildet, die aus folgenden Jägern besteht: Narx als Anführer, Nohl, dem besten Speerwerfer, Larn, dem Sohn des Thul und Sengor, dem Fährtenleser der ungläubig seine Berufung in die Jägergruppe bestaunt. Stolz und hoch erhobenen Hauptes verlässt er die Versammlung der neuen nach Lebensräumen suchenden Freunde.
Nach vielen Stunden der Suche deutet Sengor auf Spuren und sagt „Elen". Es ist allen anderen sofort klar, dass sich dort in dem kleinen Wäldchen Tiere befinden mussten. Alle Jäger machen sich zur Jagd bereit. Sie trennten sich und schleichen von verschiedenen Richtungen nach allen Seiten witternd in den kleinen Wald. Eine größere Herde von Tieren mit großen Geweihen wird gesichtet. Kurz danach fallen vier Tiere von den Speeren der

Jäger getroffen zu Boden. Nach einiger Zeit kommen auch die anderen des Stammes hinzu und freuen sich über das gute Jagdergebnis. Alle helfen mit, die Beute in handliche Stücke zu zerteilen. Nur Sengor läuft suchend zwischen Büschen und Bäumen umher, schneidet Äste ab und spitzt diese an einer Seite zu. Aus einer kleinen Strauchnager-höhle entnimmt er trockenes Laub und Gras. Verwundert sehen alle anderen, wie er mit dem Klopfen von zwei Steinen aus dem Grasbündel Rauch entlockt. Geschickt bläst er in das rauchende Etwas und bedeckt es mit Ästen, die er vorher gesammelt hat. Auf die zugespitzten biegsamen Äste steckt er faustgroße Fleischstücke und legt sie in die züngelnden und rauchenden Gebilde. „Ein Zauber!", rufen einige.
Nun erklärt Sengor sein Tun.

„Diese Gebilde nennt man Feuer, das unsere Speisen schmackhaft macht."

Als ein wunderbarer Duft den um das Feuer versammelten Männern, Frauen und Kindern ihren Hunger ins Unermessliche steigert, holt Sengor die fleischbestückten Äste aus dem Feuer und verteilt sie unter den Wartenden. Schmatzend und kauend tauschen Chal und Narx Blicke in dem Wissen alles richtig gemacht zu haben. Märre wischt sich einige Fettreste von den Lippen und beginnt mit ihrem Gesang.

„Elamm, Elamm, wir danken dir, dass zwei Sippen in Frieden zu einer Sippe wurden."

Sengor erhebt sich und spricht.

„Unser Gott ist Chrom, aber Chrom und Elamm haben sich die Hand gereicht so, dass aus zwei Völkern nun ein Volk geworden ist. Gemeinsam und brüderlich wollen wir die Zukunft unserer Sippen bestehen."

Narx und Sengor blicken sich an und lachen leise. Unter beiden entsteht eine Freundschaft von der Kinder und Enkel noch lange Zeit Heldenlieder singen. Freundschaften entstehen unter Erwachsenen und auch Kindern. Chal schwänzelt seit einiger Zeit um Nirva herum wie ein liebestoller weißer Banas. Larn beginnt auch schon die Augen zu verdrehen wann immer er Nora sieht. Märre und Thul freuen sich und machen so manchen Spaß über die beiden. Nach Tagen der Geruhsamkeit drängt Narx darauf, die Reise schnellstens fortzusetzen. Sengor stimmt dem zu und spricht.

„Seht dort am Horizont die Berge Golar, wir erreichen nach der schweren Überquerung das Grüne Land von Ergos. Wir ziehen weiter!"

Selbst Yerk wartet ungeduldig auf seinem Gefährt, Er staunt, wie der Lenker mit den Tieren und den dazu gehörenden Seilen und Riemen umgeht. Je weiter sie kommen, desto grüner wird die Umgebung, mit Pflanzen und Büschen. An manchen Büschen pflücken die Frauen aus dem Stamme von Herm Früchte und Beeren, die den Stammesmitgliedern von Ulgar völlig unbekannt sind. Sie lernen täglich mehr über die Zubereitung mancher essbarer Früchte. Yerk singt freudig Lieder über die Heldentaten seiner ehemaligen Stammesmitglieder. Die Zugtiere stellen die Ohren auf und lauschen freudig schnaubend Yerks Gesang. Plötzlich ein kaum hörbares Surren und der Wagenlenker fällt von einem Pfeil getroffen zu Boden.

Bevor die Krieger beider Stämme es erkennen, hat Thul seinen Speer in die Richtung, aus dem der Pfeil kam mit aller Kraft geschleudert. Ein schriller Schrei, dann Stille. Chal reagiert sofort.

„Thul, Nohl und Sengor, kommt mit!"

Kampfbereit folgen sie Chal der immer mehr zum Anführer beider Sippen wird.

Narx sucht indessen Schutz für alle Heimat-suchenden hinter einem riesigen Felsblock, verteilt Waffen und stimmt alle auf einen möglichen Kampf gegen die bisher unbekannten Feinde ein. In der Zwischenzeit erreichen die von Chal erwählen Krieger den Platz, von dem der Pfeil ihren Wagenlenker Nerus, der mit den Tieren spricht, tötete. Thuls Speer ragt aus der Brust eines mit Haaren bedeckten Wesens, das sie hasserfüllt anstarrt. Nach ein paar kehligen Lauten die das unbekannte Wesen über die Lippen bringt stirbt es. Thul zieht seinen Speer aus der Brust des Haarigen und wischt das Blut an seiner Kleidung, die aus Fellen besteht ab. Sofort untersucht er die Um-gebung nach Spuren. Sengor deutet in die Richtung einer Erhebung, die nicht natürlich entstanden ist. Chal lässt die Krieger gewähren denn er weiß, dass er von ihnen noch sehr viel lernen kann.
Märre und Matta besprechen ihre Situation und geraten dadurch aus dem Schutz ihres Felsens, der ihnen als Deckung dienen sollte. Kurze Zeit später fällt Matta von Pfeilen getroffen zu Boden. Märre wird wie durch ein Wunder nicht getroffen. Sofort begeben sich die Frauen zu ihr, um zu helfen.

Chal erspäht auf der unnatürlichen Erhöhung einige der Haarigen, die aus dem Hinterhalt ihre tödlichen Pfeile auf Matta abschossen. Mit Blicken verständigt er sich mit den von ihm erwählen Kämpfern. Sehr schnell fallen ihre haarigen Feinde von Speeren getroffen zu Boden. Nach genauer Erkundung sehen sie den Eingang zur Behausung ihrer Angreifer. Ohne Zögern betreten Chal und seine Freunde die Unterkunft derer, die gnadenlos Kinder und Frauen ihres neuen Stammes töten wollten. In einem stinkenden, mit Fellen ausgelegten Raum finden sie einen blutenden gefesselten Mann. Sofort befreien sie ihn und fragen, wer er ist und weshalb er gefangen gehalten wurde.

„Mein Name ist Gall, unser Volk lebte in den Golar-Bergen. Jene, die man die Haarigen nennt, töteten alle meine Schwestern und Brüder, nur mich nahmen sie gefangen, weil ich den Weg in das Grünland Ergos kenne. Trotz aller Qualen, die mir diese hinterhältigen Mörder zufügten, habe ich bisher geschwiegen. Danke, dass ihr mich aus den Fängen dieser mordenden und ehrlosen Bande befreit habt. Aber nun bin ich allein!"

Chal antwortet: „Komm mit uns, Gall, führe uns über die Golar-Berge und werde Mitglied in unserem neuen Volk. Vergesse, was einst war, und teile mit uns gemeinsam eine neue Zukunft."

Mit Hilfe von Sengors Feuer wurde der Raum der haarigen Teufel vernichtet. Gemeinsam kehren sie alle zu den wartenden Menschen ihres Volkes zurück. Trotz ihres Sieges werden sie von ihren wartenden Freunden mit traurigen Blicken empfangen. Märre tritt vor und spricht.

„Matta, die Frau von Ulgar ist zu ihm in die weiten Ebenen heimgekehrt. Sie wird an der Seite von Elamm und Ulgar über die Heldentaten ihres Volkes Lieder singen."

Plötzlich tritt Nirva hervor und spricht.

„Euer Gott Elamm und unser Gott Chrom haben sich die Hände gereicht. Deshalb schlage ich vor, dass unsere Toten in der Erde des Lebens bestattet werden."

Sofort nickt Märre zustimmend.

„Ein guter Brauch, der in Zukunft unser aller Brauch sein wird."

Schnell werden die sterblichen Überreste von Matta in aller Würde der Erde übergeben und mit Steinen bedeckt.

Die neue Heimat.

Nach vielen entbehrungsreichen Tagen erreichen sie die Golar-Berge, die manchen von ihnen als nicht überwindlich erscheinen. Viele legen sich zu Boden, um neue Kraft zu sammeln. Gall sagt, „Ruht, denn morgen beginnt der Aufstieg. Morgen! Zuerst werden wir meine alte Heimat erreichen und danach weiter über den Weg der alten Götter versuchen, in das Land unserer Träume zu gelangen. Einst habe ich es gesehen!"

Sengor warnt sie nun.

„Bald werden wir am Neunaugensee sein. Seid aber von heute an wachsam, denn fliegende Ungeheuer, die man Krall nennt, können jederzeit am Himmel erscheinen und uns angreifen. Kein Speer und kein Pfeil kann sie verletzen oder gar töten."

Am nächsten Tag beginnt man mit dem Aufstieg in eine ungewisse Zukunft. Gall und Sengor gehen voran. Yerk ist der neue Lenker ihres Gefährts, das von zwei Tieren gezogen wird. Frauen und Kinder schieben mit aller Kraft, um die Zugtiere zu entlasten. Als die Nacht hereinbricht, erreichen sie einen flachen, von großen Felsen umgebenen Platz, den ihr neuer, vor dem Tod geretteten Freund als Rastplatz bestimmt. Seitlich befindet sich eine etwa 20 Schritt tiefe Einkerbung, in dem ihr Gefährt mit den Tieren genug Platz findet. Thul, Narx und Sengor erkunden die Umgebung, um vor Überraschungen sicher zu sein. Nahe eines tiefen Abgrundes entdecken sie ein riesiges Nest, in dem ein Ei von der Größe eines erwachsenen Mannes liegt. Narx meint, das wäre Verpflegung für viele Tage.

„Um Chroms Willen, das ist ein Ei des Riesen-vogels Krall, es zu stehlen wäre der sichere Tod von uns allen.", sagt Sengor. Gall stimmt seinen Worten mit einem heftigen Nicken zu.

Sie kehren nun zu den anderen zurück, Thul übernimmt die erste Wache. Im Morgengrauen ruft Gall leise aber bestimmt, „Bleibt alle ruhig liegen, er beobachtet uns!"

Nun sehen sie ihn, einen grässlichen Vogel mit einem spitzen, übergroßem Schnabel und Krallen, so groß wie ihre Speere. Narx und Larn ergreifen ihre Waffen, um den Vogel zu erlegen. Gall hält sie zurück und flüstert ihnen zu, ruhig zu bleiben

„Er erkennt uns nicht. Seine Augen sind im Gegensatz zu seinem Gehör sehr schlecht!"

Kurz darauf

 breitet der Krall seine Flügel aus und fliegt krächzend davon. Gall mahnt sofort zur Eile.

„Wir müssen weiter, um vor dem Abend meinen alten Heimatort zu erreichen. Dort sind wir sicher und können einige Tage rasten und Kraft für unsere weitere harte Wanderung sammeln".

Nach einem schweißtreibenden Aufstieg erreichen sie am späten Nachmittag den ehemaligen Heimatort ihres neuen Freundes Gall. Durch eine kleinere Höhle gelangen sie in ein von hohen Felsen umgebenes Tal. Bäume, Büsche, saftiges grünes Gras und ein kleiner Bach bestimmen das Landschaftsbild. Plötzlich tritt hinter einem großen Baum ein Junge hervor, Thul schätzt sein Alter auf etwa fünfzehn Schneeschmelzen. Mit einem Stock bewaffnet ruft er den Eindringlingen zu.

„Halt, keinen Schritt weiter, sonst es wird euer letzter sein."

Beeindruckt von dem Mut des Buben bleiben sie stehen. Gall tritt vor und schreit freudig erregt.

„Seper, bist du es? Seper, mein Sohn, du lebst!"

Eine Frau mit zerschlissenen Kleidern zeigt sich, rennt auf Gall zu und fällt in seine Arme.

„Gisell", sagt Gall und wischt ihre Tränen aus den Augen. Voller Freude stellt er Gisell und Seper seinen Freunden vor.

„Meine Frau und mein Sohn! Sie leben!" Wie konntet ihr über leben?"

Sie zeigen ihm einen winzigen Felsspalt, durch den sie sich nach dem Angriff der Feinde zwängen konnten. Nach diesem wunderbaren Wiedersehen legen sich die Heimatsuchenden erschöpft in das weiche und nach Freiheit riechende Gras. Ihre Zugtiere werden von dem Gefährt befreit, um sich am saftigen Erdbewuchs zu laben. Yerk weicht nicht von ihrer Seite. Durch seinen monotonen Gesang und seiner Liebe zu den Tieren spüren diese ein Vertrauen, das kein anderer ihnen geben kann. Gall und Sengor raten allen, sich in das kleine Wäldchen zu begeben, um vor Angriffen des Vogels Krall sicher zu sein. Yerk lacht und sagt, „Soll er doch kommen. Es wird mir eine Freude sein, ihm den Hals umzudrehen."

Warnungen von seinem Sohn und von den anderen lehnt er ab.

„Ich bin Yerk aus Ulgars Sippe, habe schon mehr Gefahren gemeistert als manchen von euch je wiederfahren werden."

Narx wendet sich mit einem Kopfschütteln ab, denn er kennt seinen sturen Vater. Nicht einmal Elamm könnte seine Meinung ändern. Am frühen Morgen werden sie durch ein furchtbares Krächzen des Ungeheuers geweckt. Sie sehen, wie seine Krallen die beiden Tiere ergreifen und er Yerk mit einem gewaltigen Flügelschlag an die Felsen schleudert. Narx rennt zu ihm, kniet zu ihm nieder und erkennt in den Augen des Vaters ein Leuchten, das er noch nie sah. Er erhebt sich und spricht folgende Worte.

„Mein Vater ist in die weiten Ebenen heim-gegangen. Aber nicht allein. Zwei Tiere, die er in den letzten Tagen seines Lebens lieb gewonnen hat, haben ihn begleitet."

Als sie Yerk weitab der Heimat in der Erde begraben werden soll, erhebt sich Narx und spricht Worte, die im Volk von Ulgar und auch im Volk von Herm noch niemals gesprochen wurden.

„Mein Vater darf erst mit der Erde dieses Landes bedeckt werden, wenn Knochen seiner geliebten Tiere und der Schnabel oder Krallen des Ungeheuers mit ihm im Grab liegen. Damit soll er zum Sieger des Kampfes erhoben werden. Ich, Narx, schwöre bei Elamm und Salei-Tunn, dass ich nicht eher ruhen werde, bis mein Schwur erfüllt ist."

Thul erhebt sich und spricht zu Sengor und Gall.

„Führt ihr mein und euer Volk weiter zum Neunaugensee. Ich selbst werde den Schwur von Narx zu meinem Schwur machen, um dem Freund meiner Jugend eine Reise mit seinen Tieren zu Elamm ermöglichen zu können."

Plötzlich erhebt sich Nohl und spricht erbittert.

„Glaubt ihr zwei, ohne mich dem Vogel die Krallen zu schneiden? Auch ich bin dabei! Sollte ich nicht zurückkehren, so wird mein Sohn Karmal meine Aufgaben übernehmen."

Einen Tag später erreichen sie das Nest des Krall. Sehr schnell zerstören sie das darin liegende Ei, suchen Schutz hinter einigen Felsen und warten mit wild pochendem Herzen auf das Ungeheuer. Nach einiger Zeit nähert sich der Krall mit wilden

Flügelschlägen. Nohl ruft, „Seht, auf einer Seite sind keine Federn vorhanden, werft eure Speere mit voller Kraft auf diesen Punkt!"

Die mit aller Kraft geworfenen Speere dringen in das Herz des Ungeheuers, sodass es tot auf sein eigenes Nest fällt. Narx schneidet wortlos Krallen und Schnabel des Vogels ab, Thul und Nohl sammeln die Knochen der Tiere, die Yerk so sehr geliebt hat. Schnell erreichen sie den Platz, an dem ihr Freund Yerk zur letzten Ruhe gebettet werden soll. Plötzlich treten alle vom Volke des Ulgar und des Herm hervor, auch Gall und seine Familie sind geblieben, um Yerk die letzte Ehre zu erweisen.

Genau zu dieser Zeit erreicht ein schwer-bewaffneter Krieger den Wasserlauf, der das Grünland vom Nebelmoor trennt. Gespenstische Nebelwolken erscheinen wie warnende Geister, die ihm sagen „Gehe nicht weiter". Doch er will den Weg seines Vaters gehen, der danach niemals zurückgekehrt ist. Sein Name ist Herman der die Vergangenheit und den wahrscheinlichen Tod des geliebten Vaters erkunden will. Mutig und voller Stolz überquert er den nebeligen und modrig stinkenden ersten Teil seiner von ihm selbst gestellten Aufgabe. Nass und überriechend erreicht

er nach kurzer Zeit festen Boden unter den Füßen.
Einige Zeit später steht er vor einer schwarzen
blubbernden Masse, die ein Weitergehen nicht
möglich macht. Auf der rechten Seite dieser
stinkenden Masse scheint ein Weg ersichtlich zu
sein. Vorsichtig wirft er einige Steine auf den Weg,
der scheinbar der Weg in ein neues Land ist.
Er sieht, wie seine Steine verschlungen werden, als
ob ein Dämon diese voller Hunger frisst. Nach
weiteren Beobachtungen erkennt er, dass alle aus
der dunklen und übel riechenden Masse erscheinenden und nach kurzer Zeit zerplatzenden Blasen
immer an der gleichen Stelle zu sehen sind. Kurz
entschlossen betritt er die modrige Masse und folgt
den aus dem Untergrund erscheinenden Gebilden.
Nach einigen Schritten steht er auf festem Boden
und sieht in der Ferne ein wunderbares Tal mit von
Früchten beladenen Bäumen und jagdbaren Tieren,
das sein Herz höher schlagen lässt. Aber er ist
allein, ohne Freunde, ohne Menschen und ohne
Zukunft. Er verlässt den Ort um Menschen zu
suchen, die würdig sind, mit ihm gemeinsam die
neue Welt teilen.

Mittlerweile erreichen nach beschwerlichem
Abstieg aus den Golar-Bergen, alle aus Ulgars
Volk und ihre neuen Freunde schweratmend das

Grünland. Einige fallen sofort völlig erschöpft zu Boden. Chal gönnt ihnen eine Ruhepause, sagt aber nach einer gewissen Zeit, „Weiter Freunde wir müssen weiter!"

Märre warnt alle mit folgenden Worten: „Haltet euch fern vom Nebelmoor, es würde unser aller Tod bedeuten!"

Nach tagelanger Wanderung sehen sie eine Gestalt durch die nun erkennbaren geheimnisvollen Nebel auftauchen, die auf sie zukommt. Märre warnt wiederum.

„Haltet euch von den Nebeln fern, denn sie führen in den Tod."

Thul geht dem schwerbewaffneten Krieger entgegen und begrüßt ihn.

„Sei willkommen, Krieger, nimm Platz in unserer Mitte, iss und trink."

Dieser bedankt sich und spricht mit dunkler aber angenehmer Stimme.

„Ich bin Herman und komme vom Nebelmoor, in dem einst mein Vater den Tod gefunden hat."

Märre schaut ihn ungläubig an.

„Weshalb lebst du noch?“

„Weil ich den Weg durch dieses unheimliche Nebelland gefunden habe, danach war die Belohnung, ein Tal zu sehen, wie es vor mir noch keiner sah. Voller Tiere, wunderbare Früchte und menschenleer. Es wäre eine Heimat für euch alle und für mich.“

Sengor blickt in die Augen des Fremden und erkennt, dass sein Blick ehrlich und frei von Lüge und Falschheit ist. Thul und Narx sehen sich an und nicken gleichzeitig. Sie sind der Meinung, dass es kein Fehler wäre, sich dieses Tal anzu-sehen, obwohl ihr eigentliches Ziel der Neun-augensee ist.

„Nicht alle werden gehen“, bestimmt Chal. „Thul, Narx, Sengor, Gall und Karmal, ihr begleitet Herman und erkundet das Tal, sollte es eine neue Heimat für uns sein, kehrt zurück und holt uns. Alle anderen bleiben.“

Märre blickt traurig und voller Angst. Elamm schweigt, keine Vision, sie beruhigt sich und sagt, „Geht und kehrt alle gesund zu uns zurück.“

Herman ist verwundert über den Zusammenhalt und die gute familiäre Gemeinsamkeit dieser Sippe. Er freut sich, dass er diese Menschen gefunden hat. Sie brechen auf und verschwinden im geheimnisvollen Nebel. Unter der Führung von Herman überquerten sie den übel riechenden Wasserlauf und wundern sich sehr, dass er den scheinbar gefährlichen Weg über das Moor wählt. Voller Vertrauen folgen sie ihm und sehen nach einiger Zeit das herrliche Tal, das Herman bei seinem ersten Besuch gefunden hat. Begeistert betreten sie dieses Land. Thul sagte, „Ich traue dem Frieden nicht. Seid vorsichtig."

Er nimmt sein Schwert und sticht mit voller Kraft in den Boden. Sofort tritt eine schwarze, stinkende Masse hervor. Den Riss, den sein Schwert im Boden hinterlassen hat, vergrößert sich zusehends.

„Zurück, zurück!", rief er den anderen zu. Sie rennen so schnell, wie sie noch nie im Leben gerannt sind, und erreichen festen Boden unter den Füßen. Traurig sieht Herman, wie sich das Tal in eine schwarze Wüste verwandelt. Bäume, Büsche und Tiere versinken im Boden als hätte es sie nie gegeben. Narx spricht, aus was sie alle denken.

„Das war es dann, kein Tal, keine neue Heimat."

„Nun gut", sagt Herman, „wir gehen zum Weg, den ich fand und der uns hierher geführt hat."

Dort angekommen waren alle Blasen, die sie sicher hierher führten, einfach verschwunden!

„Ich habe einst den Weg ins Tal der Früchte gefunden und finde auch den Weg zurück", sagt Herman, nimmt sein riesiges Schwert von der Seite und übergibt es Karmal.

„Karmal, du bist, wie ich einmal war. Jung und stark, du sollst mein Schwert tragen, wenn ich nicht wiederkomme."

Voller Stolz nimmt dieser die gewaltige Waffe entgegen. Lachend betritt Herman den dunklen blubbernden Untergrund, ruft mit lauter Stimme, „Wenn das mein Ende ist, bin ich dem Vater nah!" und versinkt in die Unterwelt. Hilflos sehen die anderen zu, ohne helfen zu können. Thul spricht mit zitternder Stimme.

„Elamm, nimm ihn auf in die weiten Ebenen, denn er wurde einer von uns und hat es verdient, mit dir und unseren Vätern am Tische zu sitzen."

Da die Nacht hereinbricht legen sie sich nieder, um zu ruhen.

Im Lager der Wartenden sinkt Märre zu Boden, singt von der Güte und der Größe Elamms und seiner Gemahlin Salei-Tunn. Sofort eilen alle anderen herbei, um ihre Worte zu hören.

„Karmal, Karmal stark wie ein Baum, du bist der Baum der unsere Krieger retten kann."

Sofort machen sich Chal und Larn auf den Weg, um ihre Gefährten zu finden und ihnen die Vision von Märre mitzuteilen. Auch sie verschwinden in Nacht und Nebel, wie vor einigen Tagen Thul und seine Freunde verschwunden sind. Alle aus Ulgars und Herms Volk singen gemeinsam das Lied des starken Kriegers.

Elamm, höre unsere Stimmen,
Schicke alle zu uns zurück,
Sende ihnen die Botschaft der Freiheit,
wie einst im ewigen Eis.

Am frühen Morgen stehen beide vor der unheim-lichen schwarzen und stinkenden Bodenmasse, die ein Weitergehen unmöglich macht. Laut rufen sie die Namen der verschollenen Freunde.

„Hier, hier sind wir!", schreit Gall, den sie schemenhaft im Nebel erkennen. Sie berichten von Märres Vision, die von Karmal und dem Baum handelt. Karmal, der sich locker an einen Baum lehnt, voll Freude Hermans Schwert betrachtet, erkennt sofort den Sinn von Märres Vision. Er umarmt den Baum, reißt den und einen zweiten mit großer Kraft aus dem Boden und legt sie über den weichen Grund. Anerkennend nicken sie Karmal zu und überqueren schnell das tödliche, Leben saugende schwarze Ungeheuer.

Nirva und die anderen Frauen zerlegen ein Tier, das von einigen jüngeren Sippenmitgliedern gefangen wurde, in handliche Stücke und legen sie, wie sie es erlernt haben, auf Stöcke aufgespießt in die heiße Asche des nächtlichen Lagerfeuers. Plötzlich ruft Seper.

„Seht sie kommen, sie kommen!"

Alle eilen voller Freude zu den heimgekehrten Kämpfern. Man reicht jedem ein Stück des gebratenen Fleisches und eine ausgehöhlte Frucht mit klarem Wasser. Danach berichtet Thul

von ihren Erlebnissen und verschweigt nicht, dass
Herman mutig in die weiten Ebenen heimgekehrt
ist. Sengor erhebt sich und sagt, dass nun der
Neunaugensee und nichts anderes als neue Heimat
in Frage kommt. Jeder stimmt ihm zu.
Weiter, immer weiter. Ohne größere Gefahren
durchqueren sie das grüne mit Büschen be-
wachsene Land. Ab und zu erlegen sie kleinere
Tiere, suchen essbare Wurzeln und Früchte.
In der Ferne erkennen sie die Hügel von Alp.
Sengor sagt: „Das ist unser vorläufig nächstes Ziel.
Aber seid wachsam, dort leben die kleinwüchsigen
mit ihrem Herrscher Linus. Es sind Diebe, die
unheimlich schnell laufen können. Gibt man ihnen
aber Geschenke sind sie friedlich und ziehen sich
zurück."

Nach zwei weiteren Tagen erreichen sie das
hügelige Land. Wie aus dem Nichts werden sie
von den sehr kleinen Wesen umzingelt. Einer tritt
hervor und spricht.

„Ich bin Linus, Herrscher der Hügelwelt."

Er blickt auf ihr Gefährt, das von Karmal und
einigen jüngeren Burschen aus Ulgars Sippe
gezogen wird. Chal erkennt das Blitzen in den

Augen von Linus verbeugt sich vor ihm und sagt: „Dies ist unsere Gabe für dich und dein Volk, um friedlich euer Land durchqueren zu dürfen."

Linus nickt freundlich und sofort wird das Geschenk von den kleinen Menschen weggebracht. Sie winken freundlich und verschwinden so schnell wie sie gekommen sind. Karmal und einige andere grinsen voller Freude, denn endlich ist das Ziehen und Schieben zu Ende. Sie ruhen etwas, einige schlafen, Sengor erzählt, was sie nach dem Verlassen der Alp-Hügel erwartet.

„Zuerst lassen wir das steinige Tal hinter uns. Dann durchstreifen wir die dunklen Wälder von Raahl, danach sind wir am Ende der Reise. Dann sind wir am Neunaugen See. Unsere alte und eure neue Heimat. Erhebt euch, wir ziehen weiter."

Märre, die Schamanin, sinkt zu Boden, denn Elamm spricht mit ihr. Sie wiederholt seine Worte laut und deutlich.

„Hört mein Volk, beachtet bei der Durchquerung des steinigen Tales die größten Felsen, denn dort warten giftige Slangs auf Beute. Ihr Biss ist tödlich. Weiterhin leben in den dunklen Wäldern gewaltige braune Banas denen selbst eure Speere nichts anhaben können. Nur Karmal mit dem Schwert von Herman kann sie bezwingen."

Als sie am späten Abend das steinige Land erreichen, spricht Thul.

„Bindet euch Felle des weißen Banas um eure Füße und Beine. Sie schützen vor Bissen der von Märre bezeichneten Slangs. Ich hoffe, dass es so sein wird. Ruht nun, denn morgen in der Frühe geht es weiter."

Sie verspeisen getrocknetes Fleisch und einige Früchte und Wurzeln aus dem gemeinsamen Vorrat. Am frühen Morgen tun alle, was Thul ihnen geraten hat. Danach beginnen sie mit dem Marsch durch dieses unheimliche Land. Stunden später sehen sie einen riesigen Felsen und nähern sich wachsam. Unheimliche Geräusche quälen ihr Gehör und ihre Nerven. Seper und zwei seiner neu gewonnenen Freunde halten das laute Zischen nicht mehr aus und rennen weg. Nach kurzer Zeit bleiben sie - umkreist von einigen großen Slangs - erstarrt stehen.

Diese etwa drei Speere langen Wesen kriechen auf sie zu. Aus dem geöffneten Maul ragt eine Zunge, die versucht sie zu erreichen. Bevor diese jedoch die vor Angst zitternden Buben erreichen, fallen sie mit abgetrennten Köpfen zu Boden. Narx, Sengor und Gall retten die drei mit gezielten Hieben vor dem sicheren Tod. Das unheimliche Zischen endet plötzlich, denn alle Slangs verschwinden in einem Spalt des großen Felsens. „Das war knapp", sagt Chal, „nun aber weiter, damit wir das Felsenland, die Heimat der Slangs, schnell hinter uns lassen können."

Nach einer Nacht und einem Tag stehen sie vor einer Wand aus Bäumen und Büschen, die undurchdringlich erscheint. Märre erinnert sie an ihre Vision. Sengor rät, hier eine Rast einzulegen und das weitere Vorgehen zu beraten. Alle stimmen zu. Thul und Nohl, die meist Entscheidungen den neuen Anführern ihres Stammes überlassen, sind der Meinung, der Vision von Märre Folge zu leisten.

„Lasst Karmal die Führung durch die Wälder von Raahl übernehmen. Elamm wollte es, wir sollten seinem Rat folgen."

Märre beginnt wieder mit ihrem Gesang, der alle in ihren Bann zieht und kurze Zeit später zum Lied der Sippe und zum Heldenlied des Stammes wird.

Karmal Sohn des Nohl,
gehe voran,
rette unser Volk,
führe uns durch das Dunkel.
Elamm ist bei dir.
Gehe voran, Karmal!

Er nickt zustimmend, bestimmt die Reihenfolge aller anderen, die ihm folgen.

„Ich, Karmal, gehe voran, um mit dem Schwert von Herman einen Weg zu bahnen. Danach folgen Chal und Larn. Hinter ihnen wird Narx mit einigen Speerträgern die gesamte Umgebung beachten. Danach alle anderen. Am Ende werden Thul, Nohl, Sengor und Gall uns absichern. Bleibt alle zusammen und haltet euch an meine Anweisung."

Nohl blickt stolz auf den Sohn. Als ihm dann Tuhl anerkennend zunickt erkennt er, dass auch sein Sohn einst am Tische Elamms willkommen sein wird. Sofort beginnt er mit seinem Schwert einen Pfad durch das Dickicht zu schlagen. Problemlos folgen die anderem seinem Weg. Manchmal bleibt Karmal stehen und wischt einige Schweißtropfen ab.

Irgendwann erreichen alle ein nicht bewaldetes Stück und sehen sie: Braune Banas, die witternd in ihre Richtung blicken. „Bleibt hier", sagt Karmal, „Ich wünsche denen mal Guten Tag und lasse sie an meinem Schwert riechen."

Als er danach das freie Waldstück betritt, laufen die Banas mit einer Schnelligkeit, die keiner erwartet hat, auf ihn zu. Der größte Banas wartet im Hintergrund. Karmal kämpft den Kampf seines Lebens. Speere von Narx prallen an dem Fell dieser gewaltigen Wesen ab. Als er mit einem gewaltigen Schlag das letzte Tier tötet, fällt ihm sein Schwert aus der Hand. Sofort wendet sich der noch lebende Banas Karmal zu, um ihn zu töten. Nohl stellt sich diesem entgegen, aber wird von einem Prankenschlag durch die Luft gewirbelt. Karmal sieht, wie sein Vater zu Boden fällt. Er rennt laut schreiend dem Banas entgegen, schwingt sich auf seinen Rücken und erwürgt das Tier mit aller Kraft. Er geht zum Vater, der ihn mit einem gequälten Lächeln empfängt.

„Alles gut!", sagt er, „Aber irgendwie müsst ihr mich nun zum See tragen."

Karmal antwortet: „Vater, ich trage dich überall dahin, wohin du willst."

Mittlerweile versuchen die Frauen des Stammes, das dicke Fell der braunen Banas zu entfernen. Sie schaffen es nicht, dieses Fell mit ihren Werkzeugen zu durchdringen. Karmal hilf ihnen mit Hermans Schwert. Teile der Banas werden im Feuer gebraten und genüsslich verzehrt. Einige Stücke reiben sie als Vorrat mit Salzsteinen ein. Nach Tagen der Ruhe sehen sie, wie sich ein kleiner Banas ihrem Lager nähert. „Töte ihn, Karmal!" ruft einer. Karmal geht ihm entgegen und holt aus, doch dann reibt das junge Tier seinen Kopf an der Seite Karmals und folgt diesem auf Schritt und Tritt.
„Er ist nun mein Freund und jeder der ihm ein Leid zufügt werde ich, Karmal, auch Leid zufügen!"

Nach Tagen der Ruhe rufen Märre und die anderen Frauen nach Karmal. Er solle in ihre Mitte kommen. Sie überreichen ihm einen Umhang, der aus dem Fell des von ihm erwürgten braunen Banas gefertigt wurde. An seiner Seite steht der kleine Banas. Dankbar und voller Stolz nimmt er die Gabe entgegen.

„Ich bin nun der Vater seines Kindes, das ich Ban nenne. Er soll einer von uns sein. Märre beginnt wie immer mit einem Lied.

Karmal,
Vater, des braunen Banas,
sein Name ist Ban,
er wird unseren Stamm
reicher machen.
Denn du bist nun sein Vater.

Irgendwann drängt Sengor zum Aufbruch. Er sehnt sich danach, seine Heimat wiederzusehen.

„Noch eine Tagesreise, danach einen kleinen Hügel überqueren, dann, ja, dann sind wir zu Hause. Am See meines Vaters, Großvaters und allen meiner Vorfahren."

Thul versteht ihn, denkt voller Sehnsucht an seine Heimat. An die Weiten der Antis, an den blauen See Balam und an seine Zeit, die er dort verbracht hat. Nun gut wir gehen, freuen uns auf die neue Heimat. Noch etwa zwei Tage dann sind wir angekommen.

Der letzte Hügel. Dann sehen sie ein weites Tal mit Bäumen, Büschen, Grün und dem See mit neun

Inseln, die sie wie Augen anblicken. Sengors Augen sind voller Tränen, er schämt sich nicht. Tiere, die Ur genannt werden, gibt es in Hülle und Fülle. Märre singt nur kurz, „Danke, Elamm, Danke."

Sofort danach erkunden sie dieses wunderbare Land. Ja, sie sind angekommen.

Reges Treiben beginnt. Tagelang werden Bäume mit Hilfe von Karmals Schwert gefällt. Hütten nach Angaben von Sengor und Gall erbaut, gejagt und gefischt. Inseln werden erkundet, brauchbare Dinge eingesammelt. Die Sippe von Ulgar ist angekommen im neuen Land, in der neuen Heimat.

Viele Generationen später, als an Lagerfeuern die Heldentaten von Ulgars Sippe besungen werden, beratschlagen einige der Nachkommen über ihre weitere Zukunft. Der Platz am Neunaugensee wird für alle zu eng. Norge und Finn, direkte Nachfahren von Ulgar, sind seit einiger Zeit der Meinung, mit ihren Familien in das Land ihrer Väter zurück zu kehren.

 Germ, Semm und Thurk aus der Linie von Thul wandern in den Süden.

Einige von Galls Nachkommen gehen zurück in die Golan Berge.

Sengors Familie bleibt noch viele Generationen am Neunaugensee. Sie alle werden Urväter von neuen Völkern, die auf ewig in Freundschaft verbunden sein sollen.

Märres letzte Worte kurz vor ihrem Tod lauteten wie folgt:

Alle Menschen sind gleich,
ob Frau oder Mann.
Wir sind Schwestern und Brüder,
bis in die Ewigkeit.
Vergesst das nie!

Personen	Stand
Elamm	Gott der Ulgarier
Salei-Tunn	Göttin und Frau des Elamm
Ulgar	Stammeshäuptling
Matta	Frau des Ulgar
Chal	Sohn des Ulgar
Nore und Neer	Stieftöchter des Ulgar
Lechta	Schamanin
Thul	Jagd – Häuptling
Märre	Frau des Thul
Larn	Sohn des Thul
Yerk	Krieger und Jäger
Narx	Sohn des Yerk
Nohl	Krieger und Jäger
Karmal	Sohn des Nohl
Joner	Krieger und Kletterer
Sard und Bard	Söhne des Joner
Selen	Freundinn des Narx
Mora	Mutter von Selen
Zirkutas	Zauberer
Sengor	Fährtensucher aus Herms Sippe

Nirva	Junge Frau aus Herms Sippe
Nola	Freundin von Matta
Gall	Krieger aus den Golar Bergen
Gisell	Frau des Gall
Seper	Sohn des Gall
Herman	Suchender auf Wanderung
Linus	Herrscher der Hügelwelt